戦禍の際で、パンを焼く

若尾儀武

書肆　子午線

造本・装幀＝稲川方人

I

1

国境がじりじりと動く

銃口が幼子にも向けられている
幼子はそれが何なのか
正体を探ろうと
銃身を口にしようとしている

一体何に照準を合わせているのだ
トクトクと脈打つ鼓動
怯えを知らぬ眼差し

まずは合わせた照準を外せ
そして今一度
胸一杯の息を吸い
吐く息でゆっくりと幼子の眼差しを辿れ

見えないか
一面のヒマワリ畑
ミツバチが花を巡って
互いの名を呼ぶように
羽音をたてているのが

2

大きめのマグカップ
一杯の水を飲む
ここ数日前から
ぽとん　ぽとんと蛇口の水漏れがはじまった
どうして水漏れがはじまったのか
どうしてそれを起きがけに飲むようになったのか

自身にまつわることなのに確とは分からない

君が伏す大地に
ひたひたと雪解け水が滲みはじめた

君はまだ生きているだろうか
わたしは今朝も君を想って
大きめのマグカップ一杯の水を飲む

3

鉛色した雲が空一面を覆っている
風はない
鳥が数羽
鳴き声もたてずに
雑木林を目掛けて錐のように飛んでいく

ここは何処か
眼前でありながら
堰を切ってなだれ込む違和がある

匍匐で進む青年
迷彩
野戦銃
照準

わたしは小さな公園のベンチに腰かけている
そして十字に交叉する枝の交点に世界がとまっているのをみる

4

世界の何処にむけて声を発すればいいのですか

世界の破片は隙間という隙間から飛び込んでくるというのに
正体が見えません

五月
宝石を覆したような朝
わたしは神様と話をした
といったひとがいました
しかしわたしの五月に神様はいません

物置小屋の粗末なベッド
羽毛が床に散らばっている
誰の羽根か
若い母親は虚ろな目で
この児はもう乳を飲みません
わたしの児です
と言っている

5

戦車が現れる
装甲車が現れる
地が焦げる
空が焦げる
ヒトが焦げる

ブチャ
街もろとも焼き尽くされた公園のベンチに
半焦げのノートが風に吹かれている

アルファベットに十二文字足された異邦の文字

この四月に入学をするわたしの連れの少年は
その文字を真似て
ブチャを遠く隔てた公園の地面に

ツクシ
タンポポ
ヒマワリ
つくし　たんぽぽ　ひまわり
と書いている

6

しだいに長くなるセンテンス
しだいに短くなるセンテンス
引くことも足すこともするな
引くことは隠蔽すること
足すことは捏造すること

ブチャの事実

キリキリと
あったことをあったままに語れ
雲のうえに顔を突き出し
大きな足をしたひとが
顔を曇らせ
静かにことの成り行きを見つめている

7

戦車の先頭
深い皺を刻んで
老婆が立ちはだかっている
そして無言で逆を指さしている

（帰れ）

ハッチを開けて若い兵士が何か言っている
しかし老婆はピクリともしない

（覚悟はできているのだ
お若いの　遠慮はいらん
撃つなり
轢くなり
好きにせよ
だがな
ひとつだけ覚えておけ
道は進むためにだけあるのではない
戻るためにもある）

若い兵士はキャタピラを前にも
後ろにも回せない
二十キロの後続が先を急き立てる

若い兵士の耳朶《みみたぶ》はますます赤くなる

8

空にろくでもないものを無頓着に捨てるな
渡河に失敗した戦車
不発弾

硝煙に咽喉を焼かれて
鳥が血だらけの声をあげて
縦横に飛びまわっている

わたしは生まれてこの方
空のものに間違いはないと信じてきた
それがどうだ

天の背筋に沿って開かれたいのちの回廊にすら
地雷が埋まっている

9

侵攻は三日のはずだった
三日すればクレムリンの英雄だと

それなのに
この四月の泥濘

若い兵士は
もう　ひとを殺したくない
という

世界は君を支持する

なのに
君の魂はどうしてそんなにも震えているのか
わたしはベンチに腰かけ
はるの蟻の列をみている

君はまだ生きているか

10

社会科の授業だったのだろう
白地図が広げられたままになっている
五臓を抉るように侵攻する深い轍
きっと君はそれを消し続けていたのだろう
すり減った消しゴムが床に落ちている

ああ　銃を持たない君だって勇敢な兵士だったのだ

白地図を侮るな
白地図は思想だ

みどりの風が少年の白地図を吹いている

11

身の半分を焼かれた木のもと
覚束ない視力をたよりに
老婆が民族の衣装をほぐしている
赤　青　黄色の糸
糸車に巻き取って

しだいに形をなくす民族の紋様

なに　かまうものか
紋様は地が覚えている
森が覚えている
鳥が覚えている
今はさしあたり
ちりぢりになった刻の破片を紡ぎなおすこと
刻が刻に戻らねば何も始まらない

そろそろ麦を蒔く頃だ
揚げ雲雀だって麦を待っている

老婆は
枝陰
岩陰
ひと陰に散らばった刻の破片を拾い集め

カラン　カランと糸車を巻きつづける
その音なのか
遠く隔って
わたしの内にも同じ拍をうつものが聞こえてくる

12

もう四月の終わりだというのに
手袋を手放せない

気温九度

とりどりの花は
自身の刻を止めて
花弁の奥から世界を見ている

わたしはわたしで
思い切って外に出てきたものの
誰にも呼び掛けることができない
咽喉の根元
蓋されている

わたしの内で堂々巡りすることば
しだいに
鳥か獣のようなものになってゆく

（もうよせ）
（もうやめろ）

薄暮　四時半
聞えないか
君の母国の鐘が

母の唄のように鳴っているのが
帰る時刻だ

13

半壊した地下室から
切れ切れに産声が聞こえてくる
誰の手かが
口元をくるんで声を遮断している

セベロドネツク郊外の小さな町
人けの消えた道を
黒い鳥がわがもの顔に闊歩している
そして一軒一軒戸口を覗いている

しっ

今は我慢だからね
いい子　いい子
しばらく目を開けてはいけないよ
ヒマワリが咲いたら教えてあげる
名前はそれからつけようね

どこかで誰かがメリーゴーランドのネジを巻いている
まだ回るものはない
星々も動かない

14

敵襲
壕内がざわめく
老練の兵がたしなめる
何を慌てふためいている

まず　食え
食えば余計なものを殺さんで済む
肝を据えて
撃つのはこれというものだけでよい

老練の兵はギリギリまでパンを食う
そして
見ておれと
迫撃砲を肩に担いで先頭を狙い撃つ

炎上する先頭
繋がる数十キロに及ぶ車列
前を阻まれ
後ろを阻まれ
センソーをから吹かししている

15

産まれるということは
いのちを授かるということ
居場所を授かるということ
ふたつがそろってひとつです

マリウポリの地下

あと一ミリ
一ミリなんです
位置をずらしてください
新しいいのちが産まれました
どうぞこのいのちのために
あと一ミリ

しかし隙間は全て埋め尽くされている

と
どれ　月でもみてくるか
と独り言ちて
老婆がひとり　地下を抜け出していく

16

一筋の意志のように
蟻が列をなしている
一体これは何なのだ
どんな色の旗も掲げていない
泥濘の野
黙々と

ただ黙々と
いまに長い逆襲がはじまる

郵便はがき

恐れ入りますが
所定の切手を
お貼りください

1690051

東京都新宿区西早稲田 1-6-3 筑波ビル 4E

書肆 子午線 行

○本書をご購入いただき誠にありがとうございました。今後の出版活動の参考にさせていただきますので、裏面のアンケートとあわせてご記入の上、ご投函くださいますと幸いに存じます。なおご記入いただきました個人情報は、出版案内の送付以外にご本人の許可なく使用することはいたしません。

○お名前《フリガナ》

○ご年齢

歳

○ご住所

○電話／FAX

／

○E-mail

読者カード

○書籍タイトル

○この書籍をどこでお知りになりましたか

1. 新聞・雑誌広告（新聞・雑誌名　　　　　　　　　　）
2. 新聞・雑誌等の書評・紹介記事
（掲載媒体名　　　　　　　　　　）
3. ホームページ・SNS などインターネット上の情報を見て
（サイト・SNS 名　　　　　　　　　　）
4. 書店で見て　5. 人にすすめられて
6. その他（　　　　　　　　　　）

○本書をどこでお求めになりましたか

1. 小売書店（書店名　　　　　　　　　　）
2. ネット書店（書店名　　　　　　　　　　）
3. 小社ホームページ　4. その他（　　　　　　　　　　）

○本書についてのご意見・ご感想

＊ご協力ありがとうございました

書肆子午線　電話：03-6273-1941　FAX：03-6684-4040
E-mail：info@shoshi-shigosen.co.jp

II

17

ハリキウ郊外の広場
逃げ遅れた兵士が人目に晒されている
少年の面影を残す頬に血の気がない

風は冷たい
兵を取り巻く輪が狭まりも広がりもしない
声を発するものもいない

布袋を手にした老婆が
輪の一角を解いて進みでる
そしておもむろに布袋の口を開いて
兵士に一握りのヒマワリの種を手渡す
食えといっているのか
故国の庭に蒔けといっているのか

じりじりとした戦線

若い兵士は
小刻みに震えながら
灰色の空を見ている
空は高くも
低くもならない
どこまでも平だ

18

若い兵士が
ドネツクの少年に照準を当てている
十字の交点
生と死の最短の直線

伏せよ!
老兵が少年に叫ぶ

そうだ　伏せてくれ
わたしは照準をあやまたず合わせることは習った
そして合わせた照準のままに撃鉄を引くことも習った
しかし照準を合わせたまま弾を外す術はまだ習っていない

少年が立っている
若い兵士が立っている
いのちの突端
しだいにふたりの鼓動が共振しはじめる

19

クレムリン

白亜の執務室
三日のはずだった作戦が十ヶ月を過ぎる
主は憤懣やるかたない

主は
光沢眩しいスーツに身を固めた直立の文官を
十一メートル遠ざけて詰問する
どうなっているのだ
はい　いえ　その
その　がどうした
ですから　はい　その
もういい
キミはクビだ

司令官を呼べ
どうなっているのだ
はっ　敵もクリミアの轍を踏まじと意外に手ごわく

ん？　キミは何を言おうとしているのだ
はっ　でありますから
ん？
はっ　はい　あの　いえ　その
もういい
キミもクビだ

クリスマスイブ
赤の広場
襟を飾るものがなくなった男が二人
背を丸め
小さな歩幅で歩いている
どちらからも話し掛けようとはしない

20

高い塀の中庭
横縞の男たちが集められる
所長はにこやかな顔をして
台に上がる
しばしざわめきが起こる
しっ！
看守が制止する

三番
キサマは何をしでかしてここにいる
へえ
へえ　ではない
はっ　だ
へえ　いえ　はっ
ひとをちょっと

ほう　ひとをちょっと
それは救い難い
三十三番
キサマは？
へい　いえ　はっ
おんなをちょっと
なに　おんなを
おんなは悦んだか
はっ　それはもう
バカモノ！
しかしそんなことはどうでも良い
今日朝っぱらからわたしがキサマらの前に立っているのには訳がある
クレムリンからの朗報だ
耳をかっぽじってよく聞け
今からキサマらは塀の外に出ていける
ここに来た理由は問わない
しかしただひとつ条件がある

それはここを出てまずは正義の兵として戦線に立つことだ
六ヶ月
六ヶ月経てばキサマらは自由の身だ
それもとびきり上等のな
人も羨む虹色の自由
さあ自由をとるか
今までどおりここに残ってムショのゴクつぶしになるか
キサマらの選択次第
五分で決せよ
五分後には扉は閉まる

男は金色の腕時計を覗き込む
二分　中庭がざわつく
三分　中庭を覆うように雲が行き過ぎる
四分　ほどけかけた結束が結いなおされる
男の顔が蒼ざめる
ドウシタ

ドウシタ
虹ノ自由ダゾ

（ヘン！　何ガ虹ノ自由ダ）
（悪党メ！）

所長さん
朝早くからのお出まし
残念だったねえ
あっしら　所長さんが考えているほど
命知らずの悪党ではありませんや
こうみえても
ひとを殺めるにゃ
それだけの理由をもっていなきゃ
怖くてそんなことできませんや
それを案山子を撃つように撃てだなんて！
所長さん

もう五分はとうに過ぎましたで
どうぞ扉を閉めてくださいな

21

小隊長さん
わたしをこのままにして行くのかね
あんたらは国境を勝手に動かし
断りもなくよその井戸から井戸水を汲んで咽喉を潤し
備えに焼きためておいたパンを平らげた
そして金目のものをひとつ残らず袋に詰めて
舌打ちひとつ　チェ！っとして
挙句の果てに火を放った
あんたにしてみれば何のこともなかっただろうが
わたしにとってはどれもこれもわたしの分身だった

小隊長さん
わたしはあんたを憎んでいるよ
わたしはあんたを殺すかもしれない
いいのかね
こんな危ないわたしに銃口を向けないで
何もなかったように通り過ぎてさ
それともわたしが見えないのかい
ここだよ　ここ
あんたの足元
なんならトゲトゲの種子の弾
首筋に刺してやろうか
こんなに親切に言ってやっているのに
まだ気づかないのかい
ひょっとして見えはしているが
見ようとしないでいるのじゃないかい
いずれは朽ちる路傍のものとしてさ
気に入らないね

侮辱だね
言っておくが
この国の地と空
毎日毎日踏んで固めてまた耕して
固めてきたのは他でもない
わたしらだよ
どんなに分厚い歴史書にも書かれていないけれど
みくびっちゃいけない

小隊長さん
後悔するよ
わたしに銃口を向けなかったこと
あんたが生きて帰れるかどうか
わたしには分らないが
凱旋（いや　それもわからないね）して戻ったクレムリン
石畳を踏むたびに
あんたはきっと思うよ

やり残してきたことがひとつある
ひとつある
ってな
後悔なんてものはね
大仰な失態にあるもんじゃない
ふっとしたことのふっとした失態の背中に張り付いているもんさ
今がそれ
と　言ってもあんたには分からないんだよねえ
やってきた本当の目的も
壊すべき本当のものも
正義も不義も分からないで
地図にない道
歩いているんだものね

うずくまる老婆のように
道脇に枯れかかった一群の草が生え残っている
草だと分かっていても

草だと思えない
まこと　草なのか
老婆なのか

一団の兵は怯えに足をすくませ
センソーを遠く迂回してゆく

22

ガスが止まった
電気が止まった
水道が止まった
空襲警報が鳴りやまない
老婆はこんなこともあろうかと
井戸を残し
薪の窯を残し

ランプのホヤを磨き続けてきた
（なあに　時計の針が少し戻っただけさ）

老婆はいつもどおりに夕餉のパンを焼き
孫を呼ぶ
育ちざかり
パン皿に二枚を盛って
自分の皿には半分の

それを見て孫は言うのだ
お婆ちゃん
お婆ちゃんの皿にはボクの半分しかないよ
そんなじゃ死んじゃうよ
そうかね　死ぬかね
うん
そうだね　おまえの言うとおりかもしれないね

でも安心おし
わたしはそう易々とは死なないよ
ニンゲン　死ぬときは死ぬだけのモン
食べていなくちゃ

キーウの街でまた空襲警報が鳴りだした
孫はその音に喉をつまらせる
老婆はそれが聞こえていないのか
変わらない速さで顎を動かしている

23

この子の手をとって
誰か連れて行ってやっておくれよ
行き先は南の方
胸に細かいことは縫い付けてある

皆が向かう方向と同じさ
わたしも途中でこの子の手を引き継いだ
けれどあいにくの分かれ道
わたしはここでこの子とお別れしなくちゃならない
まさかゆるやかにのぼる天の回廊
一緒に行くわけにはいかないからね

この子は今は話せない
余程怖いことやもの
見てきたんだろうね
けれどこの子の胸のうち
母音を抱いたひな鳥たちが隙間なく羽をよせている
時がくればいっせいに飛びたって
天使の母音で野を満たす
なあに手を握っていればそんなことくらいすぐに分かるさ
この子の手
きっと立派なウクライナの手になるよ

ねえ　ねえ
そこの手の空いた人
どうだい　その大きな手で
この子の手をくるんで連れていってやっておくれでないかい
最後までとは言わない
アンタにはアンタの都合があるだろうから
せめて
次の手が見つかるまで

24

さあ　はやくお逃げ
何処まで逃げても
お前は裏切り者でも卑怯者でもない
逃げることが戦うことと同じだということだってある

踏みにじられる麦畑
焼き尽くされるヒマワリ畑
不条理な侵攻が戦線を拡大する
猶予はない
南からの風がまだあるうちに
さぁ　さ
はやくお行き

荷物は少なければ少ないほどいい
ただひとつ
土を一握り
布袋に詰めていくのを忘れてはいけないよ
おまえの小さなウクライナ
季節がくれば季節の花と実をつける

ん？　わたしかい
わたしはここに残る

もう何処に行ってもここにいるのと同じだからね
それにここでなければできないこともあるしさ
ここ数ヶ月　めっきり人通りが絶えた
それでも
ひとり分　余分のパンを焼いて
来る人を待たにゃならんからね

25

老婆と孫が同量の荷を担いで歩いている
孫は後ろから老婆の腰を突っつく
遅いよ　婆ちゃん

おや　　そうかい
雲の流れもこれくらい
水の流れもこれくらい

パンが焼けるのもこれくらい

敵が迫っているんだよ
僕と婆ちゃんを追い越していった人はもう見えなくなった
そうだね
そうだね　って婆ちゃん
捕まれば殺されるんだよ
たぶん　わたしはね
じゃあ　僕は？

さあ　どうだろうね
おや
ちょうちょう

窯の火がちろちろと燃えている
老婆は舟を漕ぎながら
思い出したように小枝を足している
そのたびに消えかかった火が火柱をあげる

（あぶないところだったね）

なあに　心配は無用
火加減のことならわたしに任せておいておくれ
なんたってわたしは窯の前にずっと座りつづけてきた
いつからだって？
そんなこと忘れてしまったよ
そもそも火ってものはわたしが居ようが居まいが
窯に合わせて燃えるものさ
ちろちろからぼあぼあまで

必要以上の火柱は立てない
それでパンはいい按配に焼きあがる
それをバカモノ奴らが！

異星の火を欲しがって
パンは一瞬にして黒焦げる

Ⅲ

27

花が蕾をつけるより先に
弾ける大きな音がする

ん？

明るい朝
少年は音の正体を探している

教科書には何も書かれていない

28

今日のパンは
今日の火と水で焼け

非常を理由に焼き溜めをするな
暮らしは戦火ゆえに歪められるほどちゃちではない
百年
千年を貫く横棒

ヘルソン郊外
仮設のパン焼き窯の前に座し
老婆は今日きっかりのパンを焼いている

29

腕っぷしに衰えはみえない
敵が撃鉄を引く一秒前に撃鉄を引く技も健在だ
しかし
水がない

パンがない
包囲された壕から戦況が伝えられる

わたしは小さな画面の中に兵士を見ている
太い眉下の翳りのない眼
兵士は何を見ているのか
天使の後ろ髪か

祖国に栄光あれ

兵士は天使の後ろ髪に触れられただろうか
眼窩に残るヒマワリ畑の空
追いかけて
追いかけて

わたしは方位を喪失した空に
兵士のいのちの軌跡を探している

30

白い腹をみせ
中型犬が薄目をあけている
バス通りベンチ際
ひとが行き過ぎても
同類が行き過ぎても
影を追おうとはしない

飼い主は一面記事に見入っている
黒地に白抜きした大きな文字
「マリウポリ陥落」

我々は果たすべき責務を果たした
これ以上の犠牲は祖国が望まぬ
投降する

薄目のさき
伏せの姿勢のまま中型犬はなにを感じているのか
ヒトの六千倍という嗅覚
よもや文字以上にマリウポリを嗅いでいるのではあるまい

それにしても
薄目に漂う悲しみは何だ
どこからくるのか
身辺のものではない
遠くだ

31

尖る
鳥の嘴

風の縁
言葉の尖端

雪解けは何を熔かしているのか
そして世界は
わたしは

痛い

行って帰ってきただけなのに
トゲがいたるところに刺さっている

32

管という管が口を開けている
鉄管

裏返った戦車の砲口
立ち止まる人々の口
あ　の字を発するかたちをして

あ
あ
あ

正義と似非《えせ》の拮抗
一年あまり　続く音《おん》はない

少年は
すれ違う人ごとに
問うている
あ　の次はなに？
しかし人は厄難を避けるように
少年と目を合わそうとしない

少年は
問いを問いのままで返されて
ポケット一杯の石のような問い
捨てる場所さえ見つけられない

33

ご主人は殺されました
残念です

ドンバス地方
国境沿いの激戦地から
キーウに残る若い妻に訃報が届く
夫が一週間の休暇で帰ってきたのは

ドンバスに行く一ヶ月前
毎晩同じ話をした

子どもは何人がいい？
わたしは賑やかなのがいい
三人？　四人？
いえ
もっと　もっと

コウノトリだって聞いていただろう
ふたりを覆う羽根布団となって

コウノトリさん
お尋ねします
わたしの胎にはまだ誰もいません
わたしたちの子らは今どこに？
あなたの籠にいなければ

ますます何処に？
「ご主人は殺されました
残念です」
寒空
流星が東から西に飛ぶ

34

あなたでもあり
あなたでもないような唇が
わたしでもあり
わたしでもないような唇におおいかぶさってくる
まどろむ春の朝

距離はいかほどがいいのか

閉じた唇の距離か
開いた唇の距離か

野戦の兵士は敵陣までの距離計測に余念がない

生きて帰りたい
かと言ってここが持ちこたえられなければ
もろともに戦線は崩壊する
そして誇らしげに敵の旗が立つだろう

十字は既に切ってきた
あなたへの想いもまた
だからわたしはあなたの
あなたはわたしの何ものでもない

それなのに春のまどろみ
あなたでもあり

あなたでもないような唇が
わたしでもあり
わたしでもないような唇に覆いかぶさってくる

35

来たよ
と老婆が十字を切っている

もう少し経てば雪が降る
せめてもと毛糸の帽子をかぶせた十字架
それもいずれ雪に埋まるだろう
老婆は花の替わりに手のひらを盛り土にあてている
ああ　いつになったら老婆の胸に鐘はなるのか

帰るよ
誰もいない
誰も来ない
森の奥
母音を失った鳥が
くぐもった声で鳴いている

36

寒いね
雪が降り始めたね
あの実はどうなっただろうね
ああ　枝先に熟してふるえていたあの木の実ね
見つけられたかな
落ちる場所
さあ　どうだろう

いつもなら上手に受け止める手があるけれど
今年はその手がない
手がなければどうなるのかな
何処までも落ちていくさ
何処までもって　何処までさ
何処までもは何処までもだよ

落ちられるかな
さあ
寒いだろうね
赤いだろうね
うん　きっと
もうギリギリだから余計に

37

老婆が闇に手を伸ばしている
と
待っていたのだろうか
脈を辿って
戻ってくるものがある
老婆の胸に灯が点る

おかえり
いま　パンが焼けたばかりさ

38

長い隊列をつくり
向こう岸を人の影が歩いている

夕闇
広い河をはさんで
こちら岸にも長い隊列を組んで人の影が歩いている

どちらの列からも聲はしない
等しく防弾チョッキの同じ場所に穴をあけ
そこが口であるように息をしている

何処をめざす列か
星が瞬かないので方角がみえない

39

ベットを三つ並べて眠っている
どうほう　とよむのだろうか

同じ方舟に乗り同じ方角に運ばれている
かいほう　とよむのだろうか

もう何も壊れない
壊されない
へいわ　とよむのだろうか

深い眠りを眠っている
きぼう　とよむのだろうか

裏返された日々
時計は裏を刻んでいる

40

街道沿いの教会の地下室

板壁に日付と名前を書いた紙片がピン止めされている
司祭がいない
人もいない

3・7
アンドリー
誰がピン止めしたものか

異邦
わたしは線路沿いの公園のベンチに腰かけ
上り電車の窓に
下り電車の窓に
君を探している

41

樹の幹をはるの蟻が上り下りしている
これといって標識のない上下通路
ぶつかり
ぶつかられながら
登るものに先をゆずり

担いでいるものは何か
あるようでもあるし
ないようでもある
しかし上に登っていくからには
登っていくだけの

それにしても
上に何を運び
上で何を捨ててきたのだろう

空は底を深くする

42

絵筆にたっぷりと絵の具を染みこませ
写生をしている少年がいる
公園風景
長い夏の休みの

ブランコに乗り風を切っている少女がいる
ジャングルジムの正方形を器用に渡っていく少年がいる
滑り台から飛び出してくる少年少女がいる

少年はどれ一つを切り取れずに
色を重ねている

赤　白　青　黄色
そして黒
輪郭をとるつもりだったがこれが誤算だった
画用紙は濁りに濁ってもう収拾がつかない

ま　いいか
少年は完成とも未完成ともつかぬ絵をベンチに広げたまま
鉄棒に飛びつく
そしてくるくると前回りを始める
溶けはじめる風景
緑に赤が混じり黄色　白　黒が流れる
少年の回転速度はますます速くなり
少年の視線の先
装甲車が溶けはじめる
戦車が溶けはじめる
センソーが溶けはじめる

おじちゃん
やっぱりその絵はそれでいいんだよ
少年は叫ぶ

43

計算違いか
見くびったか
劣化した不発弾がバラバラと撃ち込まれる
老農夫は機嫌が悪い
こんなイカレたものを撃って寄こしおって
始末は誰がするのだ
冬に冷え
夏に温もり
気紛れにドーンと一発じゃたまったもんじゃない

理不尽な派兵より
正しく不発弾を回収できる師団を寄こせ
砲弾を撃つということはそういう責任を撃つということと同義だ

いいか
覚えておけ
センソーというのはな
仕掛けたが最後
表のセンソーは終わっても
裏のセンソーは百年はつづく

44

地下室
アンジョリーが夢中になって話している
ことばだけでは足りないので

体を激しく動かして

ぼく　見たんだよ
去年　ぼくが見ていた同じところに蛙がさ
今年も同じ服着て
同じ顔して座っていたよ
法王さまみたいな顔をしてさ
でもおかしな顔だった
大きな口して
大きなお腹して
大きな目をして
ギョロギョロ見回して
空を飲み込むほど大きく口を開いて

ぼく　扉の隙間から見てたんだけど
可笑しくて
可笑しくて

ああ　アンジョリー
そんなに笑うと体が裏返しになるよ

わたしは悲しい
去年から今年にかけての
君の記憶のネガ
それ一枚きりなんだね
扉のむこうと
扉のこちらを結んで
在った世界といえば

45

わたしは西方の空を見ている
連れの少年は
わたしの目の奥を覗き込んで

何を見てるのと問う
しかしわたしは
明快に何々とは答えられない

幾重にも重なった雲のなか
ひとも
兵器も
世界も迷彩色の衣服を纏って
力任せの漂流を強いられている
指揮官らしき男は
もっと　もっと奥までというが
戻る道を見失っている

越え過ぎた国境
死神に先導されて
故国は余りにも
遠い

連れの少年は
向こうで
カタカタ　ガクガク
変な音がするねという

46

天上の石を転がすように
子らがケラケラと笑いながら
緑の平原を遠ざかってゆく
一面の麦畑
穂をつけたばかりの
わたしは子らを追いかけ　追いつき
子らを追い越し

もう子らは後ろにしたはずなのに
聲は前からする

（どうなっているのだ）

わたしの連れの少年は
おじちゃん　どうしたのと
怪訝な顔をして問う
えっ　いや　まあ
何か言いたいが
こうも力ずくの不義がはびこれば
世界の糸口が見つからない

ねえ　おじちゃん
変だよ
ああ　変だ
顔にあかあかと火がつく

逆立つ髪に燃えうつる

それでも子らは
天上の石を転がすように
けらけらと笑いながら
なおも遠ざかりつつこの星を前に前に回す

47

家に誰がいるわけでもない
自分の食欲の寸法に合わせて作った夕ご飯
最後のお茶を飲み干し
ごちそうさま
と箸をおく

わたしは誰に言ったのか
向いにひとはいない

テーブルの端に折りたたまれた今朝の新聞
「『人体のツナミ』 捨て駒の前線」

ごちそうさま

ひとならば
発して当たり前のなかの当たり前のことばであるはずなのに
テーブルの向いで歪んでいる

48

地面を叩くひとがいる
手のひらで

ぽんぽんと

呼ぶように
封じるように

何を呼び
何を封じているのか

無言の所為

ただにただに
ぽんぽんと
ぽんぽんと

立ちのぼる微かな気息
沈み入る微かな気息

わたしは頭を垂れて
その大きな手の温もりと
偽善なき所為を
遥か遠くに聞く

49

西方
空の中空に
薄桃色した花の咲いているのが見えます
幼いおんなの子は
手に合わせた小さな如雨露で水を撒いています
口を動かしていますが
聲は聞こえません

千キロの道を歩いて国境を越えた少女がいると聞きました

あの子も千キロの道を歩いていた子なのでしょうか

みつきほど前
ぽとんとひと雫
わたしの器にした手のひらに水が落ちてきました
以来
わたしは次の雫が落ちてくるのを
ひたすら待っています

覚書

私は奈良の農村部に生まれ、青年期までそこで育ちました。このことが影響しているのでしょうか。私の考えの底には、ひとやものやことは、それらが生まれた場にあってこそ最も美しい佇まいをみせるという思いが根強くあります。

その意味では、産まれるというのは、「生」を授かるということと「場」を授かることのふたつが揃ってひとつだと思っています。

ところが、今、ウクライナでは不条理極まりない力によって「場」が蹂躙され、「生」と「場」が引き裂かれようとしています。この事実は、私にとって我がことのように耐えがたいことです。

本詩集を上梓したのは、直接的には何もできない私という人間が、せめて遠くからでも言葉を溜めて銃口の暴力に抗いたかったからです。

二〇二三年六月　　著者

著者紹介

若尾儀武　わかお よしたけ
一九四六年、奈良県大和郡山市の農村部に生まれる
静岡大学人文学部卒

詩集
二〇一四年『流れもせんで、在るだけの川』（ふらんす堂）第24回丸山豊記念現代詩賞受賞
二〇一八年『枇杷の葉風土記』（書肆 子午線）

戦禍《せんか》の際《きわ》で、パンを焼《や》く

著者 若尾儀武
発行日 二〇二三年七月十五日
発行人 春日洋一郎
発行所 書肆子午線
〒一六九-〇〇五一 東京都新宿区西早稲田一-六-三 筑波ビル四E
電話 〇三-六二七三-一九四一 FAX 〇三-六六八四-四〇四〇
メール info@shoshi-shigosen.co.jp
印刷・製本 モリモト印刷

ISBN978-4-908568-38-1 C0092